紫雲天気、嗅ぎ回る

岩手歩行詩篇

暁方ミセイ
Akegata Misei

港の人

虹と吉祥

三角や四角を組んだ図形が
頭の中にずっと見えている
幾度味わった失望のために
虹はすっかりおもちゃめき
あの黄色く歪んだ雲は
五年も前に花巻の上空に架かっていたものと同じだ
（怒りは寒々臓腑に積もり

橋のかかる坂みちをのぼっていった
銀をはって震える青ぞらとあじさい
それらが無数にむかしながらの
順列をまもって巡らせる糸に
少し触れただけで音楽は響く
わたしは過去と二重の道を歩いていった
ここではあじさいは腐らず
立ち枯れて薄茶色になり
よく乾いた冷たい風に
一輪一輪分解され）
いまはもう
それも半透明に

煙る空気のなかに混じって漂っている

長いこと
様々の土地を歩き回り
初秋の麦畑で電車を見送った
いつでも死者のやさしさをたくさん飲んで
かなしければ
ここにいてもいいのだと考えたりして

熱で透明化する
人体の脳が新たに指示する
きらめきながら

変態をおこす
彗星のような感情の後半部へ
何より先に突き進め
スピードを落とすな
虹は後ろにできて消える
ひとはいつもここにいない

二〇一六年七月七日

もくじ

紫雲天気、嗅ぎ回る

岩手歩行詩篇

月と乗客

ビリジアンを刷きつけた山肌が
暮れかかり
より一層、迫ってくると
月明かりでざわつく樹冠のからす
いよいよ大きな
熟れた虹雲があたり全部を呼吸する
紙っぺらになったひとびとは

急行列車のあかるい窓を
しかくくストロボのように動きまわり
ぎこちない仕草で座ったり立ったり
車内では蛍光灯のじりじりした
輪郭が滴って溶けている
けれどもひとびとは
乗客のなかに引きこもっているから
けして
私の輪郭がいま、半分ほどは空気に散らばりましたね
などと思いもよらない
（そして山々は一層よるのなか
電車の窓とお月様だけが

切り取られたあやうい
まっきいろな
狭小時間の高密度な額縁だなんてこと
まさか月も乗客も
わかっているまい)

（二〇〇九、八、三十）

ばらと小鳥

鳥はまるく光る形で
草の上に飾られて
わたしの思考は生の濃くなった吹き溜まりに
自然に落ちて眠りこむ
部屋にあったやわらかなばらの花頭
（それはふりかえる時間のなかでまだ立派に高々と咲いている）
いまは青いなかぞらで中断されている

わたしはどきっとしながら
あまり何も見ないようにしている
墻と花頭を失った茎のはげしい緑が
おどけてやかましく批難しているから

（感覚がきえるそのまえ
きみはばらの香りを嗅いだだろうか
くったり落ちた軽い首
今夜には他の誰かがその体をもらう
最後まで寄り添う感覚からも
きみは旅立ち
光の粒のように脱ぎ捨てて

もうわたしのことだって少しも覚えていないだろう
わたしはきみの面影をいまよく思い出し
もうちょっとだけ延長させることにしよう)
(死んだひとは
土地のすべてに体を持って
世界と同じくらい大きくなった
わたしは安心して
探さないで
木の下にいる)

わたしの心臓に映る
やさしい肉体の闇

ひるまわたしは城跡にいて
緑が光って白っぽい丘できのこをじろじろ見ていた
きのこは熱をぱかぱか噴き上げた

わたしは本当に安心して
草の光ってざわめく間や
風に色がつき耳の近くで何も言わずにいるのを
心臓のなかにまで通して許せるのです
小鳥は死んで
いい匂いがしているといい
この世界での淡い感覚が完全になくなるまでは
子どもの頃を思い出しているといい

木目の間から漏れてくる過去の音楽
思っているわけではなく
ただ新鮮に出会うための

（二〇一五、七、二十七）

夕立

緑の熱を
吸い上げた雲が
大雨になってあの道路のあたりに降りてくる
夏をわたしに覚えさせるもの
湿った夕方と葉緑のおもたさ
光などみんな滲んで
皮膚のうえに薄膜をかぶせ

ホームに居並ぶ人々が竜神の伝説を思い出すころ
花火みたいに
川の上に電流が走る

向こうの山は黒く沈み
両腕をひろげた霧に隠れている
それも青灰色にやがて消える
電線にとまる濡れてしかたのない雀たち
ひとかたまりになり
山のものになる
野の絵に帰する

わたしは駅のホームにいて
黄色い　いやにすっきりとした存在として
ここに浮かんでいて
隣の少女の髪の束や白い頬を
なんとなく冷めた気持ちで見ている
あなや！
山から青い煙
離れて浮かび飛んでいく
わたしは檸檬色の電車の内へ入り
シートの上で泥とおなじに蹲る

（二〇一五、七、三十）

七月三十日

紫色の座席なのだ
黄色いと思った車内はもう
明るい昼間の現実となって
車窓の外ばかり
青い妖怪の臓の内だ
　山の稜線下る、なだらかな
生き物のからだだ

横たわり、少しずつ動いている
青灰色の煙に隠されるもの
映りこんだ紫色を通して
木の冷たい像を見る
山はもうわたしを見ていない
紫の畑
紫の尾花
黄色いライトが小さく映る
山の木々の間から
呼ぶもの、白い狼煙
踏むぞ舞を
踊る姿がある

トン、トン、と音がする
　さみしくないか、
　さみしいよ
さみしいならなぜ行く
わたしはさみしさを使いきらねばならないからです
（きみは
わたしと一緒にはいかない
わたしは
安心して眠りたい）
幽霊
　沖
陸の沖

波になる山の端、黒、桃、白
影に
どしん、どしん、と響くものがある
わたしの命を
突然取るもの
それを正しい瞬間に
変えるもの

（二〇一五、七、三十）

朝雲

雲の形もずいぶん変わっただろう
うるおっておちてくるのかもしれない
白い綿毛
みどりはそれを吸い込み褪せて
景観のなかにまるくなっている
ポプラと電線鳴る
よく晴れているのに

水気を宿した空だ
あそこに今夜の雨が遊んでいる

また白い綿毛
西南の空にある雨雲は
あまりに目を潰す
光を蓄えすぎている
初秋がもうすずしい風に思い出される
またあの香りだ
ここではさわやかな草飴のような香りが
どこへだってついてくる

（二〇一六、八、二一）

奥の間

雲に一つの盲《めしい》
光をあつめて
瀑布のように
見えなく、隠しているものがある

（二〇一六、八、二一）

東 北 の 昼 ま

彩りまで青いまなつ
光は強くまっすぐ差すので
みんな鋭く射抜かれ　マグネシウムの発光
影ざかりの家々と呼応するする

（二〇一六、八、二一）

留　守

ようやく辿りついたあなたを指し示す看板と
思いもよらない豊作の夏野菜は熱中症で渦巻
早池峰の上はおそろしく凍り
しかも明るい
きれぎれに熱い風と冷たい風がきらめき
それから烏烏　林で鳴きまくる
雲の目は横に流れて溶けてしまった

こっちをもう見てはいない
熱い風はみんなを丸味を帯びてつつみこむ
炎の白い尾っぽだ
（あれを炎というのも　やっぱり
光っているからだ）

（二〇一六、八、二一）

忍

雨の夕がたを
さっと翳って飛び去るもの
濡れた屋根々々と鳥の帰巣
青にならずに終わる夕ぐれの
大きさを増した石影
烏帽子岩のその前を
素早く白く　走り飛ぶ誰か

あれはわたしとは古仲の天狗だ
幼少時代から走り出して来た
岩の相はおだやかで優雅
流れる風は肌のおもてに
土地の光を刻んで知らせる
狐たちはかしこまり
天狗はまた使いに走る

（二〇一六、八、二二）

小岩井農場　二〇一六年

パート一

あなたもここを通ったのだ
送電塔が気高く山の上に並び立ち
田の水は澄んだ鏡面反射
目膜も肺も
青くしてしまう　今朝の田沢湖線に

わたしは飛び乗った
雲は凄まじくこちらに向かって流れて来た
(下の方の雲だけだ
上にあるのはごく硬く
夏なのにまっ白に凍っている)

意外にも多くの人が降りた
そしてほとんど東へ行った
手のかけられた花壇とみどりの
混み入った山が
すでに絵葉書にかわって東に見える
わたしもそちらに行ってみたい

だが今日はいけない
西にはキャメルマートとらくだの絵
それから小岩井本道
ふかふかした柴犬が
少しだらしなく身をかがめてやってくる
一本道の先には緑の二層
山の送電塔の立派な一族が
人の家の横にも降りてきて
土地を悠々と治めている

空はうすあお
完全なオールブルーに

あと二つか三つ足りていない
それよりこのあたりでは
光がみんな
ツユクサの色に煙るのはなぜだ
たしかに咲いてはいる
それからアサガオ
人の家の生垣に夥しく明るい
Fの音をぱらぱら開き
（赤い鳥居がある
鳥はたくさんいる
風林だろう　群れてゆれる
すすきの火の粉がもうもう落ちる

ツユクサ
アカマンマ　ツメクサ
シロツメ　ああこれはきいろい
朝ならこれらが
硝子というのもよくわかる
虫がじりじり初秋を鳴きはじめている）
（広大なる
稲をわたってくるこの風と秋津
秋津
蓄積された
五百年のさみしさが　はがれてこころをたくさん舞う）

そらには残月
鳥は口をあけて揺れている
追いかけてきた孤独に
さあっと　正面から抜かれるときは
こころはひとりの記憶をすてて
全生命の吸いこまれていった
方向だけを見ることになる

パート二

くらかけ山は今日は見えない
雨ぐもは空の奥にひっこんでいる

遠くの濃すぎる森の影から
黄色いTシャツがふらふら歩き出してきた
いや、わたしは
本当に
人に今は会いたくない
何も話しかけられたくない
ノートを引っ込めようか、うん、
いやもう過ぎてしまった
すでに向こうへ通り過ぎ
ひとりで何か叫んでいる

わたしの前には紫のアサガオが四輪

港の人の本

あたまの底のさびしい歌
宮沢賢治／川原真由美 画
1500円
宮沢賢治が友人や家族にあてた11通の手紙。ひたむきに生き続けた賢治のことばがほとばしる。

目であるく、かたちをきく、さわってみる
マーシャ・ブラウン 文と写真／谷川俊太郎 訳
1500円
アメリカの絵本作家の写真絵本をコンパクトなサイズで復刊。世界の美しさを伝える一冊。

世界 ポエマ・ナイヴネ
チェスワフ・ミウォシュ／つかだみちこ、石原耒 訳
1800円
ポーランドのノーベル賞詩人ミウォシュが、ナチス占領下のワルシャワで地下出版した奇蹟の詩集。

ほとんど見えない
マーク・ストランド／森邦夫 訳
1800円
村上春樹訳『犬の人生』著者の詩集。ユーモアと切なさと愛おしさが同居する寓話のような詩。

祈り 金時鐘詩選集
丁海玉 編
1800円
金時鐘は、弱い人々とともに生き、正真正銘の闘う詩人。半世紀にわたる肉声がつらなり響くベスト詩集。

表示価格は税別

港の人 栞 no.1

上野勇治（港の人代表）

２００５年冬、宮沢賢治の11通の手紙を集めた『あたまの底のさびしい歌』という本を刊行した。書名は１９１９年秋、親友の保阪嘉内への手紙の一節から書き写した。どんな歌があたまの底に沈んでいたのだろうか。胸が苦しくなるよう切なさを感じるが、詩にも童話にも出て来ない、賢治の秘中のことばのようである。

この秋、暁方ミセイさんの『紫雲天気、嗅ぎ回る　岩手歩行詩篇』を刊行する。熱心な賢治ファンであるミセイさんは２００９年夏、２０１５年夏、２０１６年夏と実際に小岩井農場、花巻などをうろうろ歩きながら、賢治へのオマージュである16篇の作品を書いた。「トン、トン、と音がする／さみしくないか、／さみしいよ／さみしいならなぜ行く／わたしはさみしさを使いきらねばならない」（「七月三十日」より）。さみしさを使いきるとは、どういうことなのか。不思議なことばでどんどん深い森にさそわれるような思いがする。賢治のあたまの底でひびいていた歌が、13年経ってミセイさんの新鮮で幸せな詩に生まれ変わった気がしてならない。ミセイさんの吉兆詩集なのだ。

16篇の詩集とさきに触れたが、実はカバーにもう一篇、デザイナー佐野裕哉さんとの制作過程から、風に吹かれて舞いこんで来た詩が載っている。この詩もぜひ読んでほしい。

2018.9.25

こんどはB♭とDもいる
トンボが何十匹も水田の上を飛行する
記憶された風景の上にも　飛んでいるんだな
（日陰に入った）
いいや二百匹はいる
爆発的な発生だ
向こうにもまだ燃えているから
あらかじめ死の透きとおった
テグスで結ばれて
あるいは千匹、億万匹、
（日向に出た）

雲のこちら側が歪んで暗い
山の上には水いろの層ができあがり
そのあたりの空気には
希薄な妖精の吐き出す元素が
澱んでいるのだろう
鳥たちは
きゅっきゅと鳴く
さっき白い背中が見えた
あとは全てが黒いのだ
後ろを見れば七つ森
人の肉がかなしく燃え落ちた
なだらかなみどりの

今日の深さやわらかさ
もっと後ろは濁ってまっ蒼だ
まったくこの程度の道のりならば
馬車になんて乗らなくてもよい

パート三

今では不法投棄禁止の立て札と
黄色いつまらない選挙看板
沢はきちんと流れている
森の奥から、何かブツブツ聞こえている
水がこの時間なら

まだよく喋るのだな
シダにまかれる森の根っこ
熊の気配が残っている
この朝の森で
やはり何かがブツブツ言っている
ドオンドンとも言っている
潰れた家畜舎とその先の畑はあかるい
ウエストリバー鉄道のようだ、
一体何者なのだ
向こうの奥から
ドン・ブウン・ゴト……ブツブツブ……

あ、気をつけろ
セミがはじけて鳴き叫んでいる
赤茶の旋回
青じろいぞっとする腹
すっかり忘れていた
おぞましい羽音を電柱に叩きつけている
からだを狂ったみたいにぶつけている
水は潤沢
オフィーリアの優しい裾もよう
音に急きたてられて　先へ進む

パート四

見えてきた　あの本部
わたしがここで働いていたかもしれない本部だ　ああ崩れそう
（二〇〇九年の真冬）
観測台は明りをけして
暗い内部とサリサリの硝子
案内板はいつの間にか消えてしまった

国道に出ると
見覚えのある景色に　ここを右へいけばいい
手入れされた芝生とトウモロコシ畑

またも落ちくる
わたしのものではない思い出
（こんな背高の　畑の中で
ともだちを待っていた夕方だ
うすがれの十字路）
山が見えないのは惜しい
雲を崇拝するような
トンビが嬉々と　飛び続ける
巨大な神様の尊顔の写しだ
雲は人に
捉えることのできる大きさの
ちょうどきっかりそこまでなので

その形は次々と
この世界の際にて変化する
ユスラウメ、
しとやかに茂り
道連れにするなら女の子がいい
梅の早緑は十八、九の姪の似姿
（わたしには姪はいないのだけれど）

左手にまたホルスタイン群
大きなからだはおだやかに
風や光や夏の草むらと
同じ次元の肉をたたえる

（気づいた時には　はやもう　おまえは母の胎内で
丸い牛の子どもだった）

乳牛たちも
後ろへ過ぎ去る
黄色いアラゲハンゴンと
紫アザミ　ツユクサはまだ通低音を
ファゴットで奏でる
長い長い道だ
太陽は右に
杉の並木は天に槍をかまえ
雲と木々は相似形を成し

心電グラフのラインを伸ばし
もっと先まで
送電を行う
ここのあたりは
ずうっと向こうまで桜つづき、黒い牛がめずらしそうに
朝のストレンジャーを眺めている
（見ていない
いや見ている
首を左へ、動かしている）
気まぐれな声だ
誰かがわたしの後ろをつけてきている
やはりわたしの

カバンの中のボトルの水が鳴るのだ
小岩井農場Ｐ　１㎞先
ＫＯＩＷＡＩ　ＦＲＡＭ
の照明が点る
（またしても日陰）

森の中でなら
セミは人から離れてわめく
毛虫　何のためにここへ垂れてきたのだろう
九時半になる
ちょうど一時間半のスケッチだ
棒状の雲は光の媒体

もうずいぶん青い空になった
不思議な煙がからまつの間に漂っている
光に照らされ　奥を遮断している
ああなんだ　ただのブリキの倉庫小屋
みずいろのペンキ塗り

パート五

あまりに丸刈りのなだらかな丘
トロ馬車は五分ほど
気だるげにコースを走る
（風はつめたく　日は焼けつく

「みてねえべか」
「ん」
「みてねえべかって」
その若い女性は白い麦藁帽子、下は涼しげな幅広のパンタロン
トロ馬車はまた動きだす)
(人に褒められ　楽しまれ
それだけでもあれの一生が
どうか少しは慰められ　うれしくもありますように)

山や林はまだここで失効せず
光の優勢
八月は元気づいて伸びまくり

（水のたくさん入ったボールが丘の坂を転がる転がる
遊びに興じる人たち
わたしを少しも変に思わない人たち
本当にスケッチをしていると思っているのだな
耳の後ろから風が吹くと　頬がほのかに熱い
馬も吹かれている）

岩手ならどこでもやってくる
この不可思議な甘い風
あの道の草を煮詰めて砂糖を取り出し
大理石のうえでかためた
飴がもしあるならこの香だ

（この空腹）

バスがやってくる
それに乗り込む
となりの一人旅らしい女性は
こちらを何度もちらちらちらと見てくる
わたしはわざと
不機嫌に反らす
　膝の上には賢治詩集ときた
　中村稔編、とある
牧草は七年

その次はデントコーン
翌年は小麦を植えるのです
　小学校もある
ラップサイレージの白い山
　また黒い山
　ざくろの花の薄い花びらは
一つ一つの細胞まで赤を染みこませ
あっちにさっきわたしを見ていた牛がいる
牛舎には風を通します
冬でも同じです
朝と夕の搾乳はミルキングパーラー
おりこうな牛です

風見鶏も、みて、牛の形
　ほんとうだね
サイレージは白がいちばん
栄養を詰め込んでいますから
母牛だけの牛舎に運びます
　硝子の向こうの黒山は
　メタン菌の寝床
　培養と電気
耕云部は金の光をぼんやりと草の先に頂き
あの鉄塔までだってまだ
　牧場なのだ
バスは百年を遡る

林道へ入っていく
法正林へ入っていく
百年先へ届く木の列
過去から連なる森の奥へ
昭和三九年のあかまつ　からまつ
それぞれ育っているのだ

パート六

羊はぽっぽと跳ね上がる
熱い草に蒸されて小刻みに飛びあがる
岩手山

影になったり日が出たり
群青色とみどりの交換
松の林のところどころには
シマシマ柄のサイレージもある
（青空を蹴散らす
距離がある
その発酵した草のかたまりは
日陰でのんびり
風景に埋もれて安心している）

わたしはへとへと
暑さにやられてまぶたも重たい

体のなかの水は意外なほどに冷たく重く
ちゃぽんちゃぽんと鳴ってうしろに引き摺る
流れていく　流れていく　雲　雲
トンビはあんなに高空で
飛んでも不安にならないものか
オニヤンマがギシギシに壊れている
草の千切れた青い芳香
熱さが炎の形に立ちのぼる
その後にくる
涼しい聖域の風だ
羊たち　ぽっぽ　ぽっぽ
跳ね上がる

大地から
鬼も烈しく噴き出され
緑の地獄だ
獄卒は藪にらみ　人間に関心があるらしい

パート七

遊歩道には熊除けのベル
日陰の泥濘むところでは
あやしいきのこがチロチロ燃える
上丸牛舎へは五百メートル
それから眩しい日向なのだ

サイロの鳥たちは塔の上
丸い目をしてたくさんとまり
牛舎はかわいい子どもと母牛　眼はまっくろ
その中には少しのきれいなインディゴもある
風がもう寒いくらい
いよいよエネルギーが切り替わり
わたしの空間への進力を
白く燃やして今日をつくりだした
（十四時だから本当に日が強い
目は眩んで
鳩の背中にできる虹色スペクトル）

台風はまったく
ちりぢりになって
体の血液も平らにみんな
ぬるく緩慢になった
十五時のバスにはもう間に合わない
吐き気のするときは　気を確かに
あたまの血潮を体にやって
冷やすことだ
呼吸、ほ、呼吸
少しよくなってくる
さあ胸郭をしっかり立てろ
よく酸素を与え

震える腕のちからを抜いて
空はきらきら
愚かさは胸のなかで黒い
もうだいじょうぶ
昔行った資料館が今日はどうしても見つからない
それに地形が変わっている
（そんなことあるかしら）
桑の木だけは頭の底に沈んでいて
ああこの香
桑の飴だ、そうだ
遠くの山に仕舞いこんだ夏やすみの
薄い雲から　やわやわやってくる

今はいちばん暑い時間
熱の浅瀬に思い出は
細い糸になって流れている

パート八

十五時四十分のバスを待つ停車場で
さっきの女性が背を向けて立っている
特に理由もなく口元を　笑みで固め
手首をしならせ
牛乳を持つのは
わたしの不愉快な思い出に結びつくので

その　今にも振り向き話しかけてきそうな潤んだ瞳
そこから理不尽に顔を背ける
《こんな場所へ来たところで、賢治はいやしないんだぞ》
また意地悪なことを考えてしまう
《ここは滝沢だぞ
詩人の他にもたくさんの人が通りすぎもうしんだ
飛行機事故もこの近くだし
牛舎にだって牛のおんりょうは　ぎっしりだぞ
おい　わかっているのか、あんた》
（女性はバスの最前席
帽子をとって
その横顔にまだ笑みを窪ませている）

や、リュックを通路に落としました
帽子もだ
なんといううつけさ　わたしそっくりなのだ
キャメルマートがすぐに見える
つまり小岩井駅につく
わたしも彼女も盛岡まで乗っていく
さっき出口で買い込んだ
トマトと韓国南瓜が足元で重たくまるい
道は南にかっきり曲がった
岩手山も後ろに振りきり
どんどんくすんだ人里へ下りる
あの女性

いつカバンから取り出したのだ
野菜まで持っている
トマトが赤い　まだ頬の横がきつく窪んでいる

パート九

虫が秋を呼びさわいでいる
明けがたの川べりには　低く小さい電燈がてんてん
草の中に埋もれて呼吸のように白み
キャンプのようすがだ
それはもう後ろにまとまった
街の奥の岩手山薬師岳

青くふんわり輪郭をゆるめ
今がまだ夏なのだとわかる
あけ烏、四羽　遅れてまた四羽
コウモリがわたしのサーモグラフを避けてすばやく掠める

仮性の山が　右の奥にできていく
アルプスよりもまっ白い
一過性万年雪のくものやま
あと数分で崩れておわる
その手前は材木町
夜の残りは一つ二つ灯されている
正面の橋の上には道路灯

橙色に溜まった熱を送る瞑ったためだま

（排水路にも　川はたぷたぷ溢れかけ
こんなに水位の高いのは初めて見た
押し流されそうな川浪だ
月は半分
きのう風林の上で骨ばかりになり
泣いていたお月さまだ
今、月面にはっきりと浮かぶ
いたずら好きの宇宙人の顔の図面
一時間くらい前、こいつが部屋のカーテンを開けて
幻惑性の縮んだり増えたりする光を送ってきた

ちゃんと目が覚める前に
ああまたこの月だなと思ったのは
十五年前の、さまざまの夜の祈りや希望の景色からやってきたからだ）

このとき
微かに関係している
わたしと岩手山と　盛岡の東のグラデーション
山の向こうから
うすやけ色の波は現れ
影はどんどん褪めていき
雲間に出る日なら

きっとそう
明けてしまったら会話を持たねばならなくなる
その間は
わたしは褐色金のライトの下で
昼を取り戻し話し続ける
今は誰でもない
ばらばらに体を傾ける木も
マンションや瓦屋根も
みんな透明のぶよぶよの置換だ
（アナトリアの冷えた大地に
まぶたを晒す　遊牧民の少女と　同じおもてを持ち）
これらが明けきり

表面を今と同じくするものは
山の鉄塔族だけだ
彼らと繋がりつづけたい
山からは絶えず
一直線の連絡は来る
夜と明けがたをさまよったり
ぽっつり点いた明りをくるしくなるまで見つめたり
遠くに運ばれていくことを
おそれながら白く　息吐きながら歩き続ける
そういう路地が無数にある
スマートフォン　青じろいぬくもり
さみしさや

未来に繋がっていないかもしれない今日の一日と
夜に一切が満ちている狭い部屋
この世の層がはっきり見える淵で
大きな風に　体のあらゆる構造を晒しながら
すっと立っている鉄塔たちは
ひとの二つのパートをつくり続ける
わたしはまだ
あれに近づくわけにはいかないから
あと少しで引き返そう
川べりの草むらの明りは消えた
東だとおもっていた山の端の
とても遠いところから

昼間の匂いがする太陽はのぼった
明けがた時間はもうおしまい
さっき桃色のマッターホルンになった山も
また日本らしい
くすんだブルー、
風景にしらけて落ち着いた

（二〇一六、八、二三）

東北本線（下り）

むらさきの座席、むらさきの座席
と唱えていると
アナウンスはその色への浸入を告げる
外はみんな緑色だから
この紫は風景を
絡げて一つの演劇に変えてしまう
（はやくも菊の絵巻風のスカートをはいた

五十くらいの女の人が
耳に貝殻の緑金を光らせ
秋をだぶだぶ纏わりつかせている）
電車の窓はくらく二重の
色の無い水
モスグリーンとラズベリーいろの革かばんを
女の人は網棚から下ろす
銀座や丸の内へとここから流れていくんだな
すがれた枯葉の香だ
うるおう黒い真夜中の風だ

（二〇一六、八、二五）

花巻農高

人がいなくてよかった
話しかけられたくないし
話すことなど何もないし
雨にいくえの春を起こして
田舎のなつかしい暗がりに入れば
病気の空気が今はすっかり癒えて濾されて
畳のほのかに明るく照り返すところから

あなたの形を組み立ててあげて
名づけて象り　手足を動かし……
人がやってくる
ゆうれいのように障子の裏に隠れ
人をみている三人で来る
急いで飛び出し
裏道に回って歩いていく
おばさんたち
大声で感謝感動おおさわぎ
中に入れることを教えてあげようか
（喉は塞がるし頬は熱いし）
……いってしまった

雨はますます強くなる
明るいままに烈しく大粒になる
空は青と白の斑
うしろからくる靴の音を聞きながら
わたしのこの話を盗むのは誰だ
愉快な怒りで振り返ると
枯葉の一枚が蜘蛛の糸にからまって
しずくに打たれて跳ね返っている

（二〇一六、八、二六）

参拝法

風が吹くところに頭を垂れて晒し
恐ろしい虚空に幼く小さく開いて立つこと
闇のさなかに
薄黄色の光の綾や
黒い穴の遠いものが見えたら
その姿を見えるまで見ようとすること
（わたしの知覚の鏡のおもて）

（二〇一六、八、二六）

花巻駅

今でた向かいホームの電車は濃い紫ライン
その奥の空は淡い金色とくらくなる雲
青い駐輪外灯の下は別の世界だ
まだ学校帰りの話題が続く男の子たちを
あの一帯は知らない間に飲み込んでいる
向かいのホームのベンチにはもう秋が居座り

それはくらがりの水気と
白い電燈の身を切るような発光でわかるのだけど

ひるま風がやわらかで
人肌のやさしいなつかしさを持っていた
あれが夕方になって
冷えてさみしく錆びついている
意識の外でも伴奏は流れ
待合室にも秋は生じていた
一度ここを出てしまえば
みんな白と淡いうすまった金色の水中
泳いだ記憶だけが

あとまでずっとついてくる

（二〇一六、八、二七）

風景の明滅

この風にあと十分
あたっていれば
空の藍らむ最後のあかるさ
残っている風の居るあたりに吸い上げられて
わたしは二度と帰らない
（この体のあたたかさ　血汐の重さ
肉の器官で見る正数の風景の

せわしないきらめき）

（二〇一六、八、二七）

暁方ミセイ（あけがた・ミセイ）

一九八八年神奈川県横浜市生まれ。
二〇一一年に第一詩集『ウイルスちゃん』で第十七回中原中也賞、
二〇一八年に第三詩集『魔法の丘』で第九回鮎川信夫賞を受賞。
そのほかの詩集に『ブルーサンダー』、電子版詩集『宇宙船とベイビー』など。

紫雲天気《しうんてんき》、嗅《か》ぎ回《まわ》る　岩《いわ》手《て》歩《ほ》行《こう》詩《し》篇《へん》

二〇一八年十月十七日　初版第一刷発行

著者　暁方ミセイ

発行者　上野勇治

発行　港の人

神奈川県鎌倉市由比ガ浜三-一一-四九　〒二四八-〇〇一四

電話…〇四六七-六〇-一三七四

ファックス…〇四六七-六〇-一三七五

http://www.minatonohito.jp

装幀　佐野裕哉

印刷製本　シナノ印刷

ISBN978-4-89629-352-4　C0092